par J. F. Chaponnière

IL FALLAIT ÇA,

OU

LE BARBIER OPTIMISTE.

Mutato nomine, de te

Fabula narratur.   HOR.

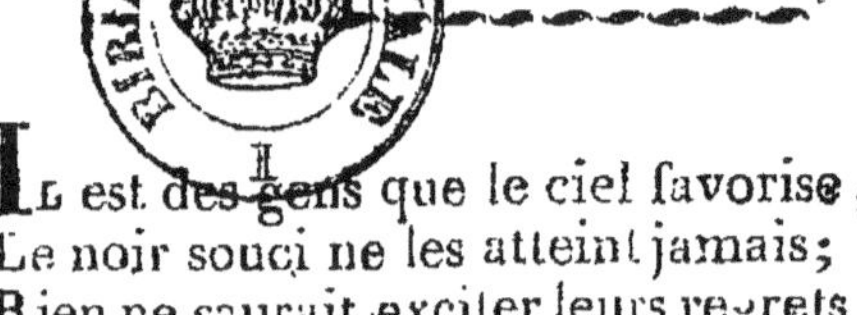

Il est des gens que le ciel favorise,
Le noir souci ne les atteint jamais;
Rien ne saurait exciter leurs regrets,
Ni leur causer de fâcheuse surprise;
    On les voit toujours satisfaits.
    Que le feu de la Canicule
Jaunisse nos guérêts, les dessèche, les brûle.
  « Bon, disent-ils, le vin sera meilleur;
  » Pour mûrir le raisin, il faut de la chaleur. »
    Sommes-nous inondés de pluie,
    » Quel tems heureux pour la prairie!
    » L'aimable verdure en tous lieux
  » Va reparaître, et réjouir nos yeux. »
    Les coups redoublés du tonnerre
Jusqu'en ses fondemens font-ils trembler la terre;
    Entend-on mugir les autans;
    La grêle, les débordemens
Exercent-ils leur fureur meurtrière,
    « Voilà, disent nos bonnes gens,
    » L'atmosphère qui se dégage;
    » Cela convient de tems en tems,
    » L'air est plus pur après l'orage. »
Perdent-ils un parent, « Il devenait bien vieux,
    « Il était souffrant, malheureux;
    » Il jouit d'une paix profonde. »
Subissent-ils le sort du beau Joconde,
    Jamais le moindre emportement;
    Avec douceur et patience
Ils supportent le cas; tout leur paraît charmant.
    Le bien leur arrive en dormant.
Eh! qu'importe en effet d'où vienne l'abondance?
Elle existe, il suffit: aise et tranquillité,
C'est leur devise. Enfin, des chances de la vie

N'apercevant jamais que le brillant côté,
　　Ils sont heureux : que je leur porte envie !
Trait pour trait, mon barbier est un de ces élus :
　　Joyeux Gascon , s'il eû fut dans le monde,
Tout irait de travers sur la machine ronde,
　　Qu'il n'en rirait ni moins ni plus.
　　Sous la hideuse et sanglante anarchie
　　Dont nous avons essuyé le fléau,
　　Nouveau Pangloss, il voyait tout en beau;
Honnête homme d'ailleurs, chérissant sa patrie,
　　Ennemi des délations.
On pouvait sans danger sur ses opinions
　　Se permettre la raillerie,
Des fers ou de la mort presque toujours punie
　　Par les tyrans et par les factions.
　　Constant dans sa philosophie,
　　A chaque époque, à chaque événement,
　　« Il fallait ça , s'écriait-il gaîment;
» Il fallait ça , sandis ! » Fidèle à ce systême,
　　Jamais il ne s'en départit;
Et vous croirez le voir et l'entendre lui-même ,
　　Si vous écoutez mon récit.
　　Une soudaine effervescence,
Funeste résultat d'audacieux écrits,
　　Ayant éclaté dans Paris,
　　Mettait en feu toute la France,
　　Et , sous le nom d'indépendance , ·
Un vertige effrayant égarait les esprits,
　　Lorsqu'un matin , en uniforme,
　　Je vis paraître mon frater,
Plaisamment affublé d'une cocarde énorme,
Le chapeau sur l'oreille, et marchant d'un pas fier.
Au Carnaval prochain, ce bizarre équipage,
Lui dis-je en souriant, pourrait être d'usage.
«—Pourquoi-cé ton moquùr ? Eh ! ne savez-vous pas
» Qu'à la voix du tocsin nous sommes tous soldats;
» Qu'un décret solennel met la noblesse à bas;
» Qué nous sommes égaux; qué lé bon Louis seize
　　» A restauré la liverté française;
» Qué nous né sommes plus sujets, mais nation;
　　» Qu'aujourd'hui c'est fêté publique;
» Qu'on viént dé proclamer la fédération ,
　　« Et qué jé vais, d'affection,
　　» Y prêter lé serment civique?
» Eh donc ! un tel début n'est-il pas magnifique ? »

— Ces commencemens sont fort beaux ;
Vous lanternez les gens, vous brûlez les châteaux,
Vous pillez..— « Quellé mauviette !
« Avec ces propos doucéreux,
» Vous n'êtés qu'uné femmélette !
» Eh ! sandis, sans casser des œufs,
» Pourrait-on faire une omélette ?
» Si l'on s'est montré vigoureux,
» Il fallait ça : les noblés et les prêtres
» Prétendaient nous donner à rétordré du fil ;
» Mais lé patriote est subtil,
« Il a su démasquer les traîtres.
» Il rira bien celui qui le dernier rira :
» Malgré leurs dents, cadédis, *ça ira.*
» Le roi lé veut ; c'est un monarque habile,
» Sagé, prudent, ferme, et dé vonne foi :
» La nation, la loi, le roi,
» Voilà le nouvel évangile ;
» Et, pour m'y conformer, jé vole avec ardùr
» Au Champ dé Mars : adiù donc, servitùr. »
La révolution, d'une marche rapide,
Parcourt un cercle destructeur,
Et de la liberté le grand restaurateur
Tombe sous la hache homicide.
Je croyais le Gascon plongé dans le chagrin ;
Il arrive le front serein,
De plaisir son œil étincelle.
« Vous savez la grandé nouvelle ?
» Il fallait ça ; nous n'avons plus dé roi.
» Notré seul souvérain mainténant, c'est la loi.
» Lé grand malhùr qu'il faillé sé résoudre
» A sé passer dé messieurs les Bourbons !
» Eh ! cadédis, c'est trenté millions
» Qui rentrent dans lé sac à poudre.
» Plus dé tyrans ! Brissot, Gorsas et Péthion,
» Et cette Gironde énergique,
» Vont gouverner la nation
» Comme des dieux ; c'est mon opinion :
» A bas les rois ; vivé la république ! »
L'audace, la fureur, les excès
Signalent chaque jour cette époque sanglânte ;
La raison fuit, et sur le sol français
Regnent le deuil et l'épouvante.
Des législateurs inhumains,
Des plus cruels tyrans pratiquant les maximes,

Tour à tour bourreaux et victimes,
Meurent sur l'échafaud qu'avaient dressé leurs mains.
Noble, prêtre, fédéraliste,
Suspect, modéré, girondin,
Feuillant, jacobin, alarmiste,
Emigré, savant et juriste,
Tout tombe, tout périt sous le fer assassin.
O honte! les Français, plongés dans l'apathie,
Comme de vils troupeaux alors perdaient la vie
On nageait dans le sang. J'aperçois le barbier;
Il entre d'un air de conquête;
Un bonnet rouge ornait sa tête:
« Ah! té voilà, dit-il. » — Vous êtes familier!
— « Halté-là, point dé *vous*, jé té rappelle à l'ordre;
» Qui né s'y met, sé féra mordre.
» Citoyen, né vadinons pas;
» On sé tutoie, et crois-moi, point dé schisme
» Car, si tu né té mets au pas,
» Les républicains vont suspecter ton civisme. »
— Eh! que m'importe à moi? Votre patriotisme
Me fait horreur! Comment justifier
Tous vos excès? comment les pallier?
— « D'où té vient donc cette colère?
» Et qu'a-t-on fait qu'on né dût faire?
— Oui, vantez vos exploits sanglans,
Le monarque victime... — « Il était sans talens. »
Les émigrés proscrits... — « Il faut dé la finance. »
Les prêtres... — « Voudrais-tu défendré cette engeance?
» Veux-tu toujours nous voir ménés
» Commé des dindons par lé nez?
» Veux-tu croupir dans l'ignorance?
» Pour moi, jé suis honteux d'avoir été chrétien
» C'en est fait, jé né crois plus rien :
« Ces cagots m'indignaient par leur intolérance. »
— Mais les savans? — On peut sé passer dé savans. »
— Les gens de loi? — « Vivaient à nos dépens. »
— Le *maximum*, vrai fléau du commerce...
— « C'est un conté dont on té berce;
» Et, d'aileurs, où serait lé mal
» Quand tous ces brocantürs iraient à l'hôpital?
» Lé luxé n'est pas fait pour uné république,
» Il ruiné les grands états ;
» Tous sans-culottes, tous soldats,
» Il faut ça : vois la Grèce antique,
» C'est là cé qu'on doit admirer.

» Déià, pour sé régénérer,
    » Dans touté la France on'sé pique
» Dé l'imiter. Jé prends un nom républicain;
» On né m'appellé plus Latrousse, mais Tarquin.
» Lé président du club nous a dit qué cet homme
    » Avait sauvé la liverté dé Rome.
» Bref, tous ces changémens, jé les approuvé fort;
    » Et, pour méner notré varque à bon port,
    » La *montagne* était nécessaire;
» Sans la terrùr, adiù la république entière;
    » Fraternité, cadédis, ou la mort,
    » Il fallait ça pour nous tirer d'affaire :
    » Vivent Couthon, Saint-Just et Robespierre ! »
On proscrivit Saint-Just, Robespierre et Couthon,
    Et, sùr-le-champ, notre Pangloss gascon,
    Tout rayonnant, muni d'une gazette,
    Vint me raconter la défaite
Des triumvirs. « Sandis, ils sont à bas,
    » Il était tems; cé trio sanguinaire,
    » S'il eût prolongé sa carrière,
    » Touté la France aurait sauté lé pas.
» On n'est pas des tremblùrs aux bords dé la Garonne;
    » Mais, d'après cé qué jé voyais,
    » Capé-dé-dious, jé commençais
    » A frisonner pour ma personne :
    » Commé rien n'était respecté,
    » Qué lé mérite était persécuté,
» Jé pouvais avoir pùr ; la bourrasque est passée,
» Lé ciel en soit loué ! la nation, lassée
    » Dé cé régué d'oppression,
    » S'en est enfin dévarrassée ;
    » Il fallait ça : plus dé proscription. »
Ainsi des triumvirs cessa la tyrannie;
    Mais, dans le sein de la Convention,
    Toujours en proie à l'anarchie,
    Bientôt une autre faction,
Moins cruelle, il est vrai, s'organise et domine;
Sous ses lois sans vigueur tout languit, tout décline,
    Tout dépérit : le soldat mal vêtu,
    Plus mal payé, de détresse abattu,
    Sent expirer son énergie;
    Le peuple a faim, il se lamente, il crie;
    Pour comble encore, un funeste papier,
    Désespoir du pâle rentier,
De chûte en chûte, offre pour hypothèque,

Tout justement sa valeur intrinsèque.
Je me disais : Que pense le barbier ?
Il paraît sur ces entrefaites :
« Vous né vous plaindrez plus, sandis, commé vous faites;
    » Nous ténons lé bonhùr enfin :
    » Des assignats la planche va son train,
    » Et nous allons payer nos dettes. »
    Dans cet abîme de malheurs,
    Le canon de vendémiaire,
Prolongeant du sénat le pouvoir arbitraire,
Aux français foudroyés donna cinq directeurs ;
Et leur autorité, que de lâches flatteurs
    Osaient appéler populaire,
Des peuples, succombant sous leurs divisions,
Loin de la soulager, augmenta la misère.
    Mais, quand les déportations,
Quand la Vendée en feu, les cris des factions,
    Épouvantaient la France entière,
Nos braves combattans, sous un jeune héros,
Par de brillans succès, par des moissons de gloire,
Aux champs de l'Italie illustraient nos drapeaux,
Et la paix fut enfin le prix de la victoire :
On était malheureux, mais on était vainqueur :
    Tout est perdu, hormis l'honneur,
Disait François premier ; et c'était notre histoire.
    De nos conquêtes glorieux,
    Comme s'il eût vaincu luï-même,
Le bon frater, toujours fidèle à son sýstême,
    Toujours content, toujours joyeux,
Et du jargon des clubs pillant un peu l'emphase,
    S'écriait dans sa folle extase :
« Lé voilà, lé voilà l'hùreux gouvernément
    » Qui remplit enfin notre attente !
    » Dé la républiqué naissante
    » Impérissablé fondément,
» Lé canon, la victoire, ont créé sa puissance;
    » Et, par la coalition,
    » Dé nos guerriers la fièré contenance
    » A, dé la grande nation,
    » Fait respecter l'indépendance.
» Il faut en convénir; dans lé champ dé l'honnùr
» Ils ont solidément payé dé leur personne,
» Et l'on sérait tenté dé croire à leur valùr
» Qu'ils sont tous du pays qu'arrosé la Garonne.
    Prix glorieux dé leur mâle viguùr,

» La paix va raméner les fêtes, l'abondance,
» Au commerce épuisé rendre la confiance;
» Et lé vaisseau public qui, pour notré malhùr,
» Vient d'étré si long-tems baloté par l'orage,
» Pour toujours dans lé port, ne crâint plus lé naufrage. »
          Cet éblouissant avenir
N'était pas dénué de quélque vraisemblance;
      A tous les cœurs fatigués de souffrir
La victoire et la paix en donnaient l'espérance,
Lorsque de fructidor l'affreuse explosion
          Dissipe toute illusion,
          Et la tempéte recommence.
          Les plus illustres sénateurs,
Les meilleurs citoyens, deux des cinq directeurs,
          Par des factieux en démence
          Outragés, proscrits, mis aux fers,
          Au-delà des profondes mers,
Dans un climat impur, choisi par la vengeance
D'un ciel contagieux vont subir l'inclémence.
La guerre se rallume, et nos vaillans soldats,
Sous des chefs inconnus et sans expérience,
          Perdent le fruit de cinq ans de combats
          En un instant. Leur valeur est la même;
          Mais, par un funeste systême,
Séparés du héros qui dirigeait leurs bras,
          Et dont la redoutable épée
          Etait loin d'eux à regret occupée
          A subjuguer d'autres états,
          Ces fiers guerriers, jusqu'alors si terribles,
          Ont tout-à-coup cessé d'être invincibles.
Aux légions du Nord joignant ses légions,
          L'Autriche, qu'ils avaient domptée,
          Inonde de ses bataillons
          Notre frontière épouvantée.
Tant de maux ajoutés aux maux déjà soufferts,
Tant d'excès impunis et d'attentats divers;
          Semblaient présager à la France
          La fin de sa triste existence,
          Et le dernier de ses revers.
Nos cités n'offraient plus, dans leur lugubre enceinte,
Que le calme effrayant de l'espérance éteinte.
          Mais tout-à-coup, ô prodige imprévu !
          Prét à périr l'état est secouru,
          Et la stupeur fait place à l'énergie.
Jeune mais déjà grand par ses nombreux exploits,

Instruit qu'une ligue ennemie
Par nos défaites enhardie
Aspirait à l'orgueil de nous donner des lois,
Le conquérant de l'Italie,
Que d'ombrageux tyrans, de sa gloire jaloux,
Sur les rives du Nil enchaînaient loin de nous,
S'indigne de servir leur sinistre puissance ;
Et, faisant le serment d'en délivrer la France,
Le héros part de l'Orient.
Se reposant sur sa fortune,
Bravant les Anglais et Neptune,
Il franchit l'humide élément.
Son étoile soudain fait tout changer de face.
Il vient, voit, et triomphe. En un seul jour il chasse
Directeurs, ministres, sénat,
S'empare des rênes, nous place
Sous l'égide du consulat,
Et la France applaudit à son heureuse audace.
Jour à jamais fameux, immortel résultat,
Si son épée, à la couronne
Restituant tout son éclat,
Eût alors rétabli les Bourbons sur le trône,
Seul moyen d'étouffer les troubles de l'état.
Mais de nos souverains le sacré diadème,
Avant de retourner à son maître suprême,
Devait être porté par le front d'un soldat.
Au surplus, de Pangloss la joie était extrême ;
On la voyait briller dans son air satisfait.
« Dieu lui mêmé n'eût pas mieux fait,
» Me disait-il ; cé pétit Bonaparte,
» Cadédis, né perd pas la carte.
» Il parlé ; crac, au seul son de sa voix,
» Commé par un effet magique,
» Disparaît la horde empirique
» Dé tous ces fabricans de lois,
» Et cé directoire anarchique
» Qui, fléau dé la république,
» Sé disait patriote, et n'était qué pillard.
» Tel dévant lé soleil, aux bords dé la Garonne,
» En un clin d'œil disparaît le vrouillard. »
— Y songez-vous ? ce langage m'étonne
De vôtre part. Eh quoi ! ces directeurs
Que vous me vantiez tant... — « N'étaient qué des voleurs ;
» affamés dé rapine, ils né pouvaient s'entendre ;
» Ils sé battaient, et l'on dévait s'attendre

» Qué jamais ces larrons né sauraient gouverner.
» Mais lé premier consul, étincelant dé gloire,
  » Sur les ailés de la victoire,
  » Droit au bouhùr va nous mener.
 » Il tiendra tout dans un juste équilibre ;
 » Et, grace à lui, lé Français sera libre :
 » Il fallait ça. » — Mais on peut redouter
Qu'au trône il n'aspire à monter ;
Du sceptre il peut avoir envie.
 — « Vous connaissez bien son génie,
 » Pour lui prêter un tel dessein ;
 » Commé César il est républicain.
 » Né croyez pas qu'à la couronne il vise,
  » C'est un fait dout jé suis certain ;
» Jé lé tiens d'un Gascon qui lé rase et lé frise,
» Et dont jé vous réponds : et d'aillùrs lé sénat,
» Digné conservatùr des lois dé la patrie,
  » Garantit à jamais l'état
  » Du retour de la monarchie ;
» Sur uné république aussi bien établie,
» Soyez tranquille : adiù ; vivé lé consulat ! »
 Une main vigilante et ferme
Dirige tout, et l'éclatant succès
De Marengo replace les Français
Au premier rang. Ce beau jour est le terme
De leurs revers. D'une commune voix
Ils exaltent leur chef, sont fiers de ses exploits,
Et veulent, égarés par la reconnaissance,
 Tout le tems de son existence,
 Combattre, vaincre et vivre sous ses lois.
 De ce rang, de cette puissance,
 Notre héros peu satisfait,
Impatient vers le trône s'élance :
 Tout favorise son projet,
Tout lui sourit ; à ses vœux tout conspire,
 Et le sénat lui décerne l'empire.
 Je vois Pangloss. — Eh bien ? — « Eh bien, sandis,
» Nous vivrons sous des rois, nous y vivions jadis :
» On était bien alors, on séra mieux encore ;
 » Il faudrait être uné pécore
» Pour né pas applaudir à cet événément ;
 » La monarchie est lé gouvernément
 » Qui nous convient. — Et votre république ?
 » C'était un projet chimérique
 » Qué dé vouloir l'établir parmi nous ;

» Il faut un empérùr. » —Mais réfléchissez-vous
    Qu'avec le pouvoir monarchique
Renaîtra le clergé, la superstition ?
        — « Il faut au peuple uné ré.igion ;
» Il est bon qué parfois il sé rende à confesse...
        » Jé languis d'entendre uné messe. »
        — Et cette légion d'honneur ?
        — « Né faut- il pas uné novlesse ?
    — Mais cet éclat , ce luxe destructeur...
        — « L'éclat , lé luxe est nécessaire ;
        » Cadédis , avec ces tondus ,
        » Ces Caracallas , ces Titus ,
        » Jé né faisais qué. dé l'eau claire :
    » Mais aujourd'hui lé von goût va régner ;
    » Elégamment on sé féra peigner ;
    » Nous reverrons la grecqué , la vergette ,
    » Lé hérisson , lé cataugan , l'aigrette ,
» Et lé fer à chéval , et l'ailé dé pigeon ,
» La perruque carrée , et la perruqué ronde ,
        » Il fallait ça pour le bonhùr du monde :
        » Vivé le grand Napoléon ! »
Par un gouvernement que son ambition
Eut transformé bientôt en un vil esclavage ,
Mais qui parut d'abord ferme , imposant et sage ,
Napoléon semblait annoncer aux Français
Un avenir brillant, un règne exempt d'orage.
        Les monumens et les palais
        De toutes parts à sa voix s'embellissent.
Des monts dont la nature avait fermé l'accés ,
Se couvrent de chemin que les peuples franchissent.
        Là par des ponts sur les fleuves jetés ,
Ailleurs par des canaux à peine projetés
Que par cent mille bras ils sont exécutés ,
        Nos relations s'agrandissent.
Le culte rétabli , les temples restaurés ,
        Les lettres , les arts honorés ,
        Et pour l'empire un code unique ,
        Faisaient jaillir de tous les cœurs
        La reconnaissance publique.
    Mais , aveuglé par l'éclat des grandeurs ,
Bonaparte oublia que toujours la couronne
        Doit protéger le peuple qui la donne ,
Qu'un roi de ses sujets est le père et l'appui ;
A peine sur le trône il ne songea qu'à lui ,
        Et dans la France à son char enchaînée

Il ne vit plus que l'instrument
De l'ambition effrénée
Qui le dévorait. Cependant
Près d'Austerlitz l'Autriche terrassée,
La honte de Rosbac en un jour effacée,
Et de Tilsitt le traité glorieux ,
Consolaient la France asservie
Des flots de ce sang pur , de ce sang précieux
Qu'elle versait pour un ambitieux
Et non pour venger la patrie.
Mais l'indignation s'empara des esprits
Lorsque, par la plus vile trame,
Arrachant à leur trône et le père et le fils,
Il porta le fer et la flamme
Chez les fiers espagnols, nos antiques amis.
Ce peuple généreux mit, par sa résistance ,
Un terme aux insolens progrès
Du dominateur de la France,
Et l'Europe entrevit le jour de la vengeance.
Cependant de nouveaux succès
Dernier éclat que jeta sa puissance ,
Et que payaient toujours l'or et le sang français,
D'une illustre maison lui donnèrent la fille.
Cette jeune victime immolée à la paix ,
Pour apanage à ses sujets
Apporta les vertus de sa noble famille.
Avec transport tous les partis
Célébrèrent cette alliance
Qui, du cœur de deux rois si long-tems ennemis,
Par les liens du sang désormais réunis ,
Devait bannir la défiance,
Et, dans un seul faisceau rassemblant leurs guerriers
Sous les drapeaux de la victoire,
Les ceindre des mêmes lauriers ,
Quand ils voleraient à la gloire.
« Capé-dé-dious, quel-grand événement ! »
S'écriait le barbier dans son ravissement ;
» Foi dé gascon, oui, sur ma tête,
» Voilà la plus bellé conquête
» Qu'ait fait encor Napoléon :
» Pour lé peuplé français cette hùreuse union
» Est effectivément une excellente affaire ;
» Car enfin lé très-cher beau père
» Avec nous né sé battra plus,
» Et dans lé bésoin au contraire

» Nous prêtera ses soldats, ses écus.
» Nous n'aurons qu'à puiser. Vivé l'impératrice !
　　» Et préparons dé beaux feux d'artifice. »
　　L'heureuse naissance d'un fils
　　Vint ajouter encore à l'allégresse ;
　　Les cœurs étaient vraiment épanouis.
« Ah ! s'écriait le peuple avec ivresse ,
» Epoux et père, et prince tout-puissant,
　　» Notre monarque maintenant
» Sans doute sentira qu'il est une autre gloire
　　» Que celle d'être un conquérant ;
» Et, son ambition désormais se bornant
» Aux immenses états qu'il tient de la victoire,
» Il va, plus grand encor dans le sein de la paix ,
　　» Faire partout renaître l'abondance ,
» Et, sans cesse occupé du bien de ses sujets,
» Mériter le surnom de père de la France. »
　　Vainement, hélas ! les Français
D'un avenir si pur embrassaient l'espérance.
Ce paisible avenir, cette douce existence,
　　Devaient-ils l'attendre jamais
D'un homme qui, soudain démentant sa vaillance,
Leur avait révélé par d'odieux forfaits
　　L'atrocité de son génie ?
D'un homme dont la basse et noire jalousie
Avait proscrit Moreau, l'honneur de la patrie,
Dans l'ombre des cachots immolé Pichegru,
Sous lequel tant de fois l'armée avait vaincu ?
D'un homme qui, voulant à ses desseins perfides
　　Associer les régicides,
Pour leur plaire s'était lâchement dégradé
　　En souillant ses mains parricides
　　Du noble sang d'un fils du grand Condé,
　　Et, sur cette triple infamie,
A l'aide d'un sénat à ses ordres vendu,
　　Etablissant sa dynastie,
　　N'avait comprimé l'anarchie
Que pour organiser du pouvoir absolu
　　L'avilissante tyrannie ?
Quoi qu'il en soit, je vis Pangloss le lendemain
Du grand jour où naquit l'héritier de l'Empire,
　　Mais Pangloss ne put me rien dire ;
　　Il était ivre et de joie et de vin.
　　Hélas ! bientôt ces jours de fêtes
Devaient être changés en des jours de douleurs.

Insatiable de conquêtes,
Et d'ailleurs égaré par de lâches flatteurs
Qui, riches de ses dons, comblés de ses faveurs,
Furent les plus ardens à flétrir sa mémoire
Quand des retours du sort il subit la rigueur,
Bonaparte, aux devoirs qu'impose la grandeur
    Préférant une fausse gloire,
    A l'univers voulut dicter des lois;
    Pour élever des trônes à ses frères,
    Entreprit de sanglantes guerres,
Démembra des états et proscrivit des rois ;
    Déshonora le diadême
    En osant dépouiller lui-même
    Et sans pudeur tenir emprisonné
    De la religion le pontife suprême
    Dont la main l'avait couronné;
    Ne régna plus que par la violence,
Sous un sceptre de fer courba les nations,
    Les révolta par ses exactions,
    — Plus encor par son arrogance,
Et suscita par-tout des haines à la France.
Frappé de cet esprit d'imprudence et d'erreur ;
De la chûte des rois funeste avant-coureur,
Il envahit des Czars le formidable empire ;
    Mais, désastre aussi grand que prompt!
    Sous les flêches de l'Aquilon
    Généraux, soldats, tout expire;
Tout est précipité dans la nuit du tombeau.
    Cet épouvantable fléau
    Dévore tout. La plus brillante armée
Que l'ardeur militaire ait jamais animée,
Dans la neige et la glace, au milieu des frimas,
    Et de son chef abandonnée
    Aux yeux de l'Europe étonnée
    Disparaît presque sans combats,
    Honteuse et juste destinée!
    Cet audacieux conquérant,
Des nations naguère à ses fureurs livrées,
    En fuyant, quitte les contrées,
    Dépouillé du titre de grand.
    Les peuples que sa tyrannie
    Tour-à-tour avait opprimés,
Retrouvèrent alors leur antique énergie.
    Tous, pour briser les fers de leur patrie,
    En un instant furent armés.

De cette croisade nouvelle
On lira quelque jour dans l'histoire fidelle
        Les résultats prodigieux.
Sous ses coups le tyran se débat; il chancelle,
    Et par sa chûte absout les dieux.
        O reconnaissance éternelle !
O magnanimité ! ces empereurs, ces rois,
        Dont nous redoutions la présence,
        Loin de nous imposer des lois,
        Ne nous parlent que de clémence,
        Et, nous pardonnant les excès
    Qu'en notre nom une injuste puissance
        Fit éprouver à leurs sujets,
Viennent nous présenter le rameau de la paix
        Et demander notre alliance,
        De ces généreux ennemis
    Avec transport la voix est entendue.
Les Français dont les vœux sont enfin accomplis,
        De l'oppresseur renversent la statue,
        Arborent l'étendard des lis;
Et, rendant aux Bourbons leur héritage antique,
Tout le peuple, pour eux d'un juste amour épris,
Confie à leurs vertus la liberté publique.
        « Vivé lé Roi ! tout est au mieux;
« Il fallait ça », me dit le barbier radieux,
        Qui, dans sa joie aussi vive que franche,
Avait, un des premiers, pris la cocarde blanche.
« Nous révénous au point d'où nous sommés partis;
        » Jé lé répète, il fallait ça, sandis;
» Nous né pouvions rien faire en effet dé plus sage.
» Cet affreux Bonaparte est un antropophage
        » Qui nous aurait dévorés tour-à-tour;
        » Cet ogré-là mangeait par jour
» Six mille hommés au moins, et la Francé sauvage,
        » Au voyageur épouvanté,
        » Bientôt n'aurait plus présenté
        » Qué lé spectaclé du carnage,
» Qué des champs sans culture, et dé vastes déserts;
        » Mais, des confins dé l'univers,
» Un princé valùreux autant qué magnanime,
» Et qué j'honorérai toujours dé mon éstime,
» Est venu terrasser cet infâmé brigand.
        » Qué tout lé globe, ébloui dé sa gloire,
» Lui décerné lé nom d'Alexandré lé Grand,
        » Moi qui l'ai vu clément dans la victoire,

» Près du nom des Bourbons mon cœur place son nom.
　　» Par lui rendus à la raison,
» Nous allons respirer sous nos rois légitimes ;
　　　» Plus dé factions, plus dé crimes ;
　　　» Etre hûreux, voilà notré lot ;
» Et tous nos paysans, au lieu d'aller sé battre,
» Vont, sélon lé désir du bravé Henri quatre,
» Lé dimanche, en chantant, mettré la poulé au pot ;
　　　» Car notré roi, c'est notré pére ;
» Vivé Louis dix-huit ! à bas Napoléon ! »
　　Historien véridique et sincère,
　　　Je vous ai peint le caractère
　　　De mon optimiste gascon,
Qui fut, pendant ces tems de discorde et d'orage,
　　Le plus heureux, mais non pas le plus sage.
　　Quelque malin peut-être prétendra,
　　　Ceci soit dit par parenthèse,
　　Qu'il reconnaît la nation française
　　　Dans mon Pangloss. Sur ce point-là
Je laisserai chacun discourir à son aise.
Que l'on applique donc à tous ceux qu'on voudra
　　　Le portrait que je viens de faire ;
Ce portrait n'est pas moins celui de mon barbier,
　　Et si l'on croit qu'il soit imaginaire,
　　Qu'on s'informe dans mon quartier.

Note de l'Editeur. — Ce conte historique est originairement d'un Génevois (feu M. Ch..........), qui l'avait intitulé : *La révolution française*, ou *le Gascon content.* Il finissait à l'endroit où le barbier crie : *Vive Napoléon !* Il renfermait alors trois cent huit vers. De ces trois cent huit vers, le continuateur, qui a mené les événemens jusqu'à la restauration de l'auguste famille des Bourbons, en a conservé environ deux cents, dont une trentaine ont même subi des changemens. Il a d'ailleurs substitué d'autres vers supprimés. Il a cru ces retranchemens, ces corrections et ces additions nécessaires, soit pour faire disparaître plusieurs négligences dans les détails, quelques traits de mauvais goût, et même des fautes contre la mesure poétique, soit pour refaire en entier des passages qui lui ont paru manqués, soit pour en compléter d'autres qui n'étaient qu'esquissés. L'idée de cet opuscule n'en est pas moins totalement de M. Ch........; et le personnage si plaisant du Gascon, dont il avait fait un carabin, et à qui le continuateur a donné le surnom de Pangloss, est absolument de son invention.

FIN.

DE L'IMPRIMERIE DE L.-P. SÉTIER FILS.

Se trouve chez A. OPIGEZ l'aîné, Libraire, rue du Petit-Bourbon-St.-Sulpice, no. 3, à Paris.